寵你的靈魂

解昆樺

推薦序

詩的敘事與抒情

陳芳明

所有詩的書寫，都是一種靈魂的探險，只有挖得越深才會感受到生命的驚險。內心的起伏震盪，從來是深不可測。敢於挖得越深，看見的生命風景就越精彩。在一些文學獎的評審過程中，曾經也遇到解昆樺的作品。當時並不知道作者是誰，揭開謎底後，才發現是一位熟悉的學生。如果與他的年紀來看，他應該是屬於中生代的詩人。這個世代開始在文字中冒險前進之際，臺灣社會已經正式解嚴。解放以後的文學風景，確實比上個世代的創作者還更精彩。從他的詩齡來看，似乎已經不再受到任何的政治干涉。整個想像的水域，比起前行代還要遼闊。

這是解昆樺的第一本詩集，前後累積二十餘年的作品。在年輕族群的行列裡，這本詩集應該已經遲到。閱讀他的想像與情緒，果然不再像從前那樣緊繃著心情。因為處在較為從容的海島，凡是感情所能到達之處，他的詩行也可以到達同樣的境界。解昆樺不是多產的詩人，這本詩集似乎累積了前後二十年的勞作。如果從賦比興的觀點來看，他的作品比較偏愛賦的手法。他總是給予自己觀察所到之處，非常迅速就以一首詩來定義自己的心情。在一定程度上，詩集中所收的作品，都是他參加不同文學獎的成績。如果不要受到文學獎的限制，就無需受到地景的限制，也無需受到競爭的干擾，詩人也許更可以從許多框架中解放出來。

詩集中有兩首詩結合了爵士搖滾，反而產生豐富的想像：

每株草都領有爵士的音符
當我孤獨穿越後，便恢復原狀

迅速地　柔韌地　抹消我的足跡
彷彿我不曾走過　彷彿我不曾活過　幽靈似地

草地比我更有資格擁有我的耳朵
而我不能

詩人在聆聽爵士樂的演出時，顯然被那樣的音色與節奏所感動。坐在草地上享受音樂節奏的敲打，內心揚起了某種震顫，久久無法平服。這是一種反襯的書寫，野草被踩過後便立刻平服。但是詩人的心情，接受爵士樂的洗禮之後，卻久久無法恢復原狀。詩人帶著我們引申出另外一種心情，人是有情的動物，能夠接受音樂節奏的感動與影響。

另外一首動人的詩是〈最美的墨色是白色〉，非常接近童詩，整首詩看起來是那樣的潔白。那種潔白，其實是折疊紙飛機的白紙，暗示著他無邪的童年。詩人在作品中自問：

空白測驗紙上的塗鴉
吹起飛落
那年我開的紙飛機
迫降何方？

詩人刻意歌頌自己的年少歲月，似乎也寫出了許多人的共同記憶。他以紙飛機來暗示失去的童年，整首詩的最後如此顯示出來：

在昨日與來日的空隙裡
花美如雲
藍空如硯
最美的墨色是白色

正如詩題那樣，是一種矛盾語法。墨黑與潔白是一種感官的對立，兩種強烈的顏色並置在一起，立刻形成絕對的反差。顯然那是他過去美麗歲月的一種回想，也是他生命中毫無牽掛的年華。他對自己的童年，有著強烈的鄉愁。而那樣的鄉愁，卻殘酷地提醒他那是他永遠回不去的生命原鄉。

這部詩集，有許多作品都是參加文學獎而釀造出來。參加文學獎比賽，而刺激了自己的想像。而那樣的想像，卻又受到地區文學獎的限制。這說明了為什麼詩人往往受到議題的拘囿，從而也局限了他的情感抒發。有時候詩的命題為了配合既有的事件，不免規範了詩人自己的想像。〈告別那些暴力者——記太陽花學運〉描述臺灣公民運動的重大轉折，這也是他所擅長賦的書寫：

星光有時微弱如燭火
像權力者這麼踐踏過我們

心中的那份意志，星光如此微弱如此閃爍
但聚集後也能燎原
也能開綻如太陽花

以詩行來定義重大的歷史事件，在某種程度上，是一種精神昇華的技巧。太過於貼近事件本身，卻使詩人的想像難以展開。把「微弱」與「閃爍」並置在一起，就產生強烈的對比，從而也拉高了詩的精神。敘事詩必須保持若即若離的高度，才有可能避開事件本身的牽制。這是一首危險的詩，幸好在最後兩行有及時挽回：「我們需要的／只是以星光給他們標上十字架。」

詩是一種危險的心靈探索，總是在絕境找到精神出口。解昆樺的詩齡已經超過二十年，慢慢進入中年。生活是一種探險，生命也是一種探險。前者是肉體的歷練，後者是精神的歷練。解昆樺在這兩種探險過程中，已經慢慢找到屬於自己的道路。在臺灣詩史的系譜裡，他逐漸進入中生代的階段。這個世代不再接受任何的權力干涉，也不再受到前輩詩人的干擾。

他正要走出自己的道路，也正要開闢一個全新的領域。對於這個世代的創作者，我一直有很高的期待，新的語言，新的技巧，新的形式，都將豐富臺灣文學長流的未來。解昆樺所帶來的聲音，值得我繼續期待。

二〇二一・二・二十三　政大台文所

目次

輯二——琴有思

輯三——吾島

輯四——得時且做詠花人

輯一——靈魂遊吟

不青澀，也不特別懷舊

霧洗瀲黃昏，冷卻的光芒之翼
遭受夜悲愴地襲擊。

期待在防風林徬徨的螢火蟲
寫下種種警醒句子，為夏日的漫長作結
精巧小禮盒包裝日記：
一粒稻穗緊裹著
秋稼女神的體香

我撿拾窗外落葉

作句點。那些愛恨選擇題
終將隨沒有花瓣的綠莖
壓住用情書折成的小紙船

埋藏著的一顆想念的心，不青澀
也不特別懷舊

2001．10

收割愛的戰事

一件被晾在對樓陽台的雨衣
在風裡奮力擺動袖口
半空中鼓漲透明的胸膛
彷彿懷抱著一本虛無主義
走過世紀末，走過
愛被收割的歲月

零星戰事仍未隨雨勢停歇
在樓外的樓外，更遠的
遠方鳴放如電閃亮的警報

我也要一件雨衣
隻身趕往
佈滿槍林彈雨的煙花節

罹難的消息尾隨晚鐘而瀰漫
當血液勢必自傷口潰堤
在荒涼的泥土綻放憤怒的流域
我雙手平整張開
在鮮紅的大雨轟炸下
默立如一座十字架

2001.12

後誌：

進入21新世紀第一樂章，被戰爭填滿休止符。

但我相信那都只是懺悔與悲憫的短暫停。

世界

世界離開後，而你
卻到來了
夜色搖晃如酒罈
該對你說的話都浮滿漣漪

語字應當要充滿星光燦爛
因為裡頭有愛，有信諾
等待我們，儘管世界離開
而你才悄悄趕來

2007.01

向你拋擲的絲路

關注你的我的視線
是我向你拋擲的絲路
無形　透明，仰賴月光
人群中仍沉默蜿蜒
有時在欲語不得語的片刻
又化為一片荒漠

我心中幽闇孵育的駱駝商隊
堅韌地扛負語字
卻又如此缺乏冒險精神

向你耳朵踽踽前行
任何風吹草動
都能讓他們半途折返

並且缺乏運輸秩序
夜裡夢遊啟程走失的不算
有的太快，有的太慢
看見綠洲又爭先恐後

即使每枚字眼都帶著琥珀色
這缺漏、錯雜、倒裝的行列
仍如此言不由衷

行行止止

反反覆覆，在思念的絲路上
駐紮你背影構築的蜃樓
就是我語言明滅的命運

2016.08

無字

有一本札記跟你的生活一般
　　　　　　　　空白
自從一段感情標上句點後。

陽光灑落風鈴沉澱，紙扉依舊空白
故事在心裡複習很多遍，卻沒有一個字
從筆端發芽……

夏夜你打開窗　讓眾神走過
銀河天鵝休憩織女紡紗，誰來摘天琴？

紙上有漩渦，滿頁星光
沒有一句留到白天

雨天你打開陽台
終於哭過了，寫過了
漬染復
乾涸，為平滑紙張銘刻無數窪地

你看天氣如何為感情造字
為時間象形
為故事會意

2011.08

後誌：

記起在興大學人宿舍四樓房間有個不小的陽台，我擱了一張桌子，放了書與札記本，應對外面拱抱廣場的群樹。有時入房間，看著陽光穿透這景色，不禁想在其間寫字看書終日、終年，或者，終此一生。一次在那桌案寫字，疲憊後忘了收拾，入夜竟來滂沱大雨，醒來才覺得不妙。趕緊察看，發現大雨打透紙張，像用力哭過般，寫下的字模糊難辨。一直以為書寫就能記下，當下看來並不是如此。我不記得那些曾寫下的了，身體裡多了一個空洞，嚎嚎透風而哭。深有所感，我寫下了這首詩，希望能填補什麼。

瓷碎

不是遺忘你
而是找不到更好的語言陳述你

雨聲滴點滴點
都是瓷碎的詞
壓抑一千頃閃電之後的事
將是我面對你最好的方式

也或許，這麼渴切安靜
所以我想念你。

2016.12

有河流在遺失

我自輪廓的廓廡走出
水邊河燈引領我
體會天地間微弱的存在
霧模糊了界線與喧囂
我自輪廓的廓廡走出
進入了風景的心臟
　　自然的密典

那些神聖始終孤獨
在群綠的呼吸中被眾人放逐

學院的經典隱瞞純粹的心動
喧譁者掌理了詮釋
放縱的詩神在冷卻地分析中
黯然了面容

我飲取教派外奔流的靈感
獨步默想
在山水裡浪遊的詩句
飛鳥想飛就飛
落葉想落就落

2001.11

黏牢

不知不覺
還是把臉書大頭照
換成了剛出生的寶寶
襁褓中的他太柔弱
不能抵抗地成為我的臉
襁褓中的他太可愛
我不能抵抗地讓他成為我的臉
讓我為他
生活，書寫，走動成漂泊的人

臉書大頭貼，只是時光
信件的郵票框
我早早把自己變成一封信
郵票處黏著父母，黏著妻子，如今
還黏著他——
寄信地址，收信地址
都填上了家。就這麼決定
在無數漂泊的最後
都要回到這裡

他或許會在時間中剝落
如一只果實成熟後　離開
有了自己的旅程

他從不需負責把我寄到任何遠方
只是作為一封信
我心裡已塞滿他的故事

但他或許也會在時光川逝中
如春燕溫柔回返
變成了另一封信
在那郵票處甜甜地黏牢我們

2015.05

如此城東

新月在樓間下錨，遠方
聽說有海
近秋時節，如此城東。荒涼的人子
負手在寧靜的燈花中

碎石在濤聲裡滾動
心事打水灣悠悠如自由的單車
防波堤風勢正強，明滅
心中那盞燭火
外海外，樓外樓，海鷗逸如

昨日案前新折的紙鳶
藍繡小盒裡，我也曾珍藏童年逝去的
種種幻象。潮騷似襲　比鬱藍的哀傷
還準確
瀰漫這你也應該到達的城東

這時打開手機，錮禁城中車陣內的你
將會聽海風如何鼓盪
如一支歡歌　長驅城中巷弄
這時如果你轉彎
就能撞見海圖
大敞
如惠斯勒迷濛的畫作
你會為什麼主題而走來

任城東的光影
赦免你失去情節的肉身

靈魂覺得醒的時候
你正拋棄
自己的迷宮
我正美麗成追逐海的
孩子

2004．09

眷城

致往日：

我在人群中進行回憶，不怎麼熟練地。很多話說了，其實等於沒說，在聲音裡，記憶仍在消亡，在衰老。不因為我如何把情節用各種詞彙，做種種華麗的雕飾，就能青春如昔。我在公眾的笑聲中，從記憶之井裡，一次次將裸露的你拱現，如此恬不知恥。

雨與冷眷顧這城。我撐傘跨越學校操場時，有人隻身穿著墨綠色的雨衣，對一大片牆，揮拍追擊網球。他堅決只用右手揮拍，左手插在口袋裡，身體頗不協調地在濕潤的場地移動，勉力將網球打回他手上的球拍……雨聲大了些，我離他遠了些，我聽不見他的呼喊。但他在大雨裡一點也不模糊，場地上無數隨意分佈的水漬，重複投映他的動作。他每揮一次拍，同時也揮了無數次拍。不用失戀也能淋雨，那一刻，我凝視他，以昆蟲奇幻的複眼。

孤獨的他，淋雨的他，擊球的他，竟擁有如此華麗鏡像。而我對你的追述，是否也能像他如此熟能生巧，甚且篤定不疑？

我知道，我不該對那明明在高速公路上只有四個小時車程的遠方，那樣痴迷，甚且過度懷想。或者以更快的方式，搖著滑鼠跳上網路，回到年少沉迷過的ＢＢＳ站，一個人對著螢幕，看朋友在精華區被儲留下的搞笑故事，看那流金歲月如何在我臉頰滂沱而下。

我知道，我不該如此。

擁擠在這城裡的人，也有他們難以修葺的故鄉記憶，也有他們視城為鄉的真摯情愛，唱「台北的天空」的歌者的哽咽，我也曾在入夜的廣播電台中，被她對台北的告白深深感動過。我只是不適應，任性地讓在你中飛奔的我重複在那裡，即使我的身體已悄悄地在記憶，以及適應城市人快樂的方式。

往日，你在我破了洞的運動外套掉了出來，當我莫可奈何地在城裡也要奔跑時，像被放在城中水泥地，找不到泥土的種子那般，無力且沉默。

你又像一絲絲火光在沒窗的屋子裡苟延殘喘，在雨與冷眷顧的這座城，撒落夜幕覆蓋在我身上，那厚重如像一陣嘆息，又輕薄如情人的謊言。

我該把你放在一座鋼琴裡
黑色與白色的階梯之間

我凝視指尖上的漣漪
也許在未來某日雨夜
能從蕭邦琴譜裡
以莫能意會的哀傷
將你帶回

2005.03

呵護

進入青春期最後的時光
有時竟深為感傷

我們從彼此的夏夜微笑
帶走了一首詩，希望

在爾後那些孤單的雨中漫步
有比雨傘
更多呵護自己的方式。

2010．10

點燃妳逐漸冷卻的心

我自光陰的來日襲取妳逐漸冷卻的心
純真被抄小徑歸家的孩子
一遍遍踏響
我孤坐在翹翹板一頭，在傍晚的晚霞
等待均衡的愛情

我在深夜祈禱，學習
平原廣大而坦誠的教義
對一片霧
大聲呼喚妳的名字

而不感到羞澀

蜘蛛在暗室角落設置暗喻
篩選時光的塵埃，我被洗滌
如鏡的感情　一一映滿了妳的名字
而所有嚮往光的紙蝶兜旋我心扉
只為期嚮
妳的影子

而天空漸漸藍地醒來
純真又被抄小徑上學的孩子
一遍遍踏響
我在鞦韆與朝陽間擺盪
在光陰的來日

暖和妳逐漸冷卻的心

2001.11

輕蠅

重量級之後是中量級
中量級之後是輕量級
世界上最輕量級的拳擊
是妳對我肉身　無意的
撫觸

輕量級之後是羽量級
羽量級之後是蠅量級
世界上最蠅量級的拳擊
是我對妳靈魂　貪婪的

縈繞

作為愛　偶然的棲息地
我只能回報
更溫柔的回擊。

2018.02

藍色寂靜詩

I grant thou wert not married to my Muse
And therefore mayst without attaint o'erlook
The dedicated words which writers use
Of their fair subject, blessing every book.
—By Shakespeare

多年後，我會在看慣
稻花黃與竹林綠的顏色裡
異常塗抹
妳長髮網住的那片深海藍？

容許花蓮的震紋
甜蜜地爬滿了夜之瓷器
像規則被暫時假釋的五線譜
任人用文字抵押
一群跨越經線的海豚

那樂念必然是
濤聲大作的想念，我端視
譜線氾濫地漲過鯨魚背脊，我順流
我擱淺，我獨坐在妳
時間瓶底裡的花蓮

像枚硬幣從安適的搖椅
從多年後

桃城破掉的夜的口袋
掉落在寧靜的國界

我們是國民生活樂派裡
不同籍貫的調性
在合併時交換耳語
嘗試把一些懸念小寫一遍
藏在日記的肺活量裡
最終依舊被時代攤開來閱讀
像寧靜曖昧的髮浪
如今
都被我梳寫成筆直的詩行

2000．01

註：
桃城，為嘉義古名。

波士頓來信

貼著郵票就能飛越一片太平洋
如果把整個 Newburry 六號街寄來
就能比較臺北與波士頓
那座城市的寂寞比較深
必然，你有個匆忙的午後
奔跑追逐在哈佛廣場裡的喧嚷
在同股市漲跌線般
高高低低的人群裡
隱身
現身

潦草的字跡　濃濃的煙草
還隱著曼特寧的微苦
我知道　你也許是
在紅燈時偶然想起我
在綠燈時自然忘記我
時時感受到地球不斷轉動
儘管用一條越洋電話線互相拔河
但我們間的距離始終比海還短
比一首十四行還長

2000·02

捷運中

不能喝飲料，但能閱讀妳蕩漾星光的眼睛
不能嚼口香糖，但能想念妳甜蜜的法式香吻
不可喧譁，但能回味告白時如雷奏鳴的心跳
不可塗鴉，但能在腦海裡重抄一千遍情書
不要推擠，要體諒彼此對未來如蒲公英般的徬徨
不要插隊，要像我們的愛情般循序漸進

到達幸福前
心是水泥地底最興奮的紅色潛水艇
像鮭魚用雀躍的思念返航
準時在戀人身邊靠岸

2007.08

寵妳的靈魂

如果不是富可敵國
未來歷史
只會記下你精神的財富

用紅磚為文字
以飛簷為聲調
巴洛克是修辭……
把「我愛妳」蓋成一間房子
愛妳
就是我的富有

每一天都是獨立的
不要因為足尖偶然觸碰的惡地形
崩解原來對愛的習慣

受傷了……
就回家。

每天每天　讓我為妳準備的家
寵妳的靈魂

2019.05

寵妳的靈魂

如果不是富可敵國
未來歷史
只會記下你精神的財富

用紅磚為文字
以飛簷為聲調
巴洛克是修辭……
把「我愛妳」蓋成一間房子

愛妳
就是我的富有

每一天都是獨立的
不要足尖偶然觸碰的惡地形
崩解原來對愛的習慣

愛傷了……
就回家。

每天每天　讓我為妳準備的家
寵妳靈魂

一餐

讓我成為妳的廚房
我的眼窗滿佈時蔬
盡量窗口去攀摘
只要妳願意
這麼逐階踏上我肋骨

那些心肝
妳割去烹飪吧！
乾枯的肺葉太少
若無法生火

就拿我靈魂去燒
味道如果太淡
我胃裡，還有
為妳噙淚
釀成的鹽

2017.06

無處陸沉

看著沒著色的異國地圖，在密密麻麻字眼中
我把海洋錯看成陸地，陸地誤認為海洋
找不到現在　我所在
再這樣下去
有天那會變成真實世界，而我們
將無時不刻生活在淚水中
公開哭泣，沒有一個人會發現
我們安裝鰓、多鱗，重點是缺少眼瞼
難以分辨你我間的醒與睡，謊言與真心話
甚至在深夜英雄般離去

又於不注意時
以白日夢遊者姿態歸來
每個字首都飄盪無處不在的泡泡句點，彷彿
每一次說話　都為了隨時可以結束。

2012.11

一個關於妳的信仰

薄荷味之晨
慢板浸入了融妳成獨一
而安於我心房的鐘乳
清涼且寒顫
向妳要的星星
遲緩凝塑一隻傷痕的手臂
因一生泛淚啊
化石的我的夢不斷地
斑駁、點滴、累積
成某種宗教，並且尊崇

一個關於妳的信仰

2000.01

湖光如緩慢閃電

心有雲霧
白日亦為夜

湖上之日沒有漂泊
以光專注凝視我們的心事

光如此在心中蔓延
如緩慢的閃電

讓靜默湖面

得到萬物倒影的風景

讓黑暗之心得到
光得以奪窗而入的裂隙

讓靈魂之窗永遠供奉這湖面晨曦
洗滌心中悄然襲來的陰霾

2015.03

輯二——琴有思

搖籃般抱著你

像搖籃般抱著你
心跳聲代替呢喃
日眠夜眠
日日夜夜輕輕哄你睡眠
在你夢中佈置群星陪伴
攀爬長頸鹿長長頸子你摘星星
最明亮的那顆
依舊是我的眼
眨阿眨
好好睡

這愛睏的小孩
如收攏漣漪的湖泊
他安靜時像父親
笑起來像母親

像搖籃般抱著你
心跳聲代替呢喃
日夢夜夢
日日夜夜輕輕哄你睡眠
在你夢中佈置無限平原
攀爬長頸鹿長長頸子你灑麥子
最明亮的那顆
依舊是我的眼

眨阿眨
好好睡

這入眠的小孩
如收攏漣漪的湖泊
他安靜時像父親
　笑起來像母親

2016.08

交換

交換樹與鳥的一天
交換流浪者與守候者的一天
交換踝鏈與跑鞋的一天
交換女人與男人的一天

交換原野與花園的一天
交換稻浪與海浪的一天
交換塔頂與地牢的一天
交換詩人與小說家的一天

交換紫色與藍色的一天
交換愛過與未嘗愛過的一天
交換活著
與曾活著的一天

2010.05

瞌睡

三更倚案
釣於螢光燈下的一泓月光
夜涼沁骨
鐘聲入耳
有時在沉醉
有時卻醒來

1998．10

情詩・巴爾札克

巴爾札克、巴爾札克
有些名字
反覆唸誦後
像琴鍵
□□□、□□□
有些名字
反覆唸誦後
像秘密

2000・10

情詩、巴爾札克

巴爾札克、巴爾札克
有些名字
反覆唸誦後
像琴鍵
□□□、□□□
有些名字
反覆唸誦後
像秘密

自焚的革命

我們的夢在現實裡一路撤退
企望崇拜的女神
都漸漸走出落日外
野雁奮力剪去最後的光芒
就要夜了，我想。

戰爭仍在遠方進行
隱性的國界熱烈地燃燒
整個夜彷彿無定的陣痛
我們的詩都懷孕了

所有該書寫的痛苦暗結珠胎

你在遠方奏琴
琴音散漫著某種理想
宛如
暗夜與風對搏的燭火
我想靠近你，用
自己成就你

2002．06 誌六四

今日若死，明日就是復活

暗夜失途中
我們蜷身機艙久候嚮導的星
不知那顆星歸屬於那座故事
雙子或者雙魚，射手或者魔羯……
無限大地埋葬一枚火種
或者
滔天巨風捲起汪洋如送你的花束

是以，所以
不是我們走入一個故事結局

是無數個故事召喚著我們走向來日
飛奔，飛奔，用前傾額頭輕觸
那明日的明日
如幼鹿輕觸思想一顆顆復活節彩蛋

2015.06

甜點搖滾

你今天說了幾句話？
不必數，就讓你的舌頭在黑森林蛋糕上睡一會。
泡過澡你怎還是一塊鋼？
不必揉，就讓你的靈魂坐著香蕉船聖代去漂泊。

言不由衷
頑強如鋼
為了生活要這麼堅定的說謊
不如親吻一枚馬卡龍

蘋果派　甜甜圈　提拉米蘇
這是我們舌尖上
　　靈魂裡的甜蜜生活

你今天說了幾句話？
不必數，就讓你的舌頭在蔓越莓蛋糕上睡一會。

泡過澡你怎還是一塊鋼？
不必揉，就讓你的靈魂坐著滑動的泥巴去漂泊。

言不由衷
頑強如鋼
為了生活要這麼堅定的說謊
不如親吻一枚馬卡龍

布朗尼　檸檬塔　咖啡曲奇
這是我們舌尖上
　　靈魂裡的甜蜜生活

2016.08

草地爵士搖滾

「不行，你得物歸原位。」
我於是把耳朵放回草地。

我的耳朵，我的他物
聽太多廢話，就已不是我自身的

每株草都領有爵士的音符
當我孤獨穿越後，便恢復原狀
迅速地　柔韌地　抹消我的足跡

彷彿我不曾走過　彷彿我不曾活過　幽靈似地
草地比我更有資格擁有我的耳朵
而我不能

我不夠叛逆，我太輕盈
我無法在睡前恢復原狀

在夢裡繼續被催眠：
你不是一隻獨角獸……你不是一隻獨角獸……

是搖滾樂借給我耳朵
對我吶喊　對我唱：
草地埋頭飛奔時，你是比萬物更靠近愛的獨角獸

2017.03

草悟道・爵士音景

敲觸鋼琴的指尖
可以放在斑馬身上嗎？
彈出牠肺腑中
那我不存在過的草原
找不到夢中那匹斑馬
我足尖點數斑馬線
對岸　林立著樂器

捍衛草悟道的爵士
傾聽　被自由解放
被音樂蔓延著的草原

2017.05

陳三磨鏡

上華燈
從不只為了消磨一片夜
還為細細照見　驀然回首那燈下人

假磨鏡
假鏡也能有真鏡的明白
早照清祝英台　就不必一場蝴蝶夢

最怕華燈、假鏡空明亮
心裡最想的那人　沒留影

（五娘：阮明知恁是假學做一磨鏡來阮厝行。）

最怕燈下人只是夢一場
心裡最愛的那人　沒留心
（陳三：見君恁障說，阮心頭軟成綿。）

花園繁花喧譁一聲聲
我心事卻沒被說中
磨磨安靜的鏡子
磨去你我之間以艱難形狀
相阻的山巔
躁動的波瀾

註：

詩中所引為依陳三五娘本事之南管〈共君斷〉唱詞。

2016.08

萬和宮・老街・小步複沓

河岸過去有我們的廟
神明端坐案上，生活在
我們有意識無意識的呼吸中
（如同凝視我們不知始終的河流，那河流片段，我們生命片段，也仍湧
動可呼吸的永恆……）

媽祖從眾人默禱聲中啟航
修補我們因生命潮汐拍擊
不幸浸染受損的生活

（是被雨陣打過的那種受損，是被淚水觸碰過後的那種浸染，是被生老
病死包容的生活……）

萬和宮飛簷成弧
是蒼天向我們大大的幸福一笑
若我們頓挫、不安
那就是給我們的擁抱

（走得遠，走得孤獨，要記得回望那一笑的擁抱……）

萬和宮飄吐裊裊線香
穿過心房內
多霧的陣地
成為南屯老街日常的嚮導

（街老更見日日之恆常之所為，常於飲，常於歌，常於散步，常於愛。
不為了什麼言外之音，只為飲而飲，只為歌而歌，只為散步而散步，只
為了愛而愛著……）

代替昔日打鐵街敲打
夢呢喃的音節
爆糙米麩滾輪手搖出的香氣

（夢中說話，話最真，呢喃最能說盡的，是溫柔……）

糙米、小麥、薏仁
日光與大地的珠玉
交擊
微末成粉成為滋味

（這也是歷史的塵埃，生命征途中難得無須抵禦的甜蜜塵埃……）

杯碗中的香氣讓我們閉目也能
走過一條老街
滋味一條老街
重返一條老街
以及一條又一條老街都能溯源的
（再多風雨、滄桑、紅塵，都能溯源的……）
那我們心中暖亮座落的萬和宮。

2016．10

後誌：

二〇一六年十月二日完成臺中文化局與遠景出版社的臺中地景邀詩〈萬和宮・老街・小步複沓〉，這首詩之前在田野踏查過後，寫了個基礎模子便放著。這是我的習慣，因為之後一定會在生命中沉澱著什麼語言在這裡，只是要給一點時間去熟成。十月二日今早凌晨五點半起來修改增寫，又定了一個板模再放著。餵驪逸早餐時，又想到應該加入舒緩朗誦的氣氛在裡面，形成詩語言的對位，又開始增寫，一直弄到十一點半終於定稿。

一個特別惆悵的日子

憂鬱是養分
居於愛情的國度
不是陽光、空氣或者水
讓我向妳的笑、體香與淚水
豐沛卻緩慢地滋長
亦步亦趨
向日葵與什麼
什麼與妳
而特別惆悵的日子
屋簷滴雨

2000.10

最美的墨色是白色

孤伶望海
自己可是童少信手對折於
空白測驗紙上的塗鴉
吹起飛落
那年我開的紙飛機
迫降何方？
獨步在南灣的沙
獨步在海風潮濤的葬禮
聲調肢離的語骸
隨波於潮殤，儘管

那也曾是一句堅實的坦誠
可否在天地流轉的水緣
順勢微拈起
一抹奔瀾的浪花微笑
在昨日與來日的空隙裡
花美如雲
藍空如硯
最美的墨色是白色

1999.09

睡時錨重，醒如哀歌

人世滄桑一航渡
有限肉身只保住了苦痛
我的靈魂囚禁於我毀損的身體
凝望你

目光是一條路
你垂憐的目光導致了我的溫柔
你我之間，誰掌握著靜默
誰又掌握了語言

檀香煙縷與執香人足跡同行
沿途霧景夾雜語字
語字中有求，語字中有願
風平浪靜　人世平安　一生願求

紅塵波濤將我拍成滄海　孤帆
我漂泊的鎖骨求索靠岸
身體內所埋藏閃電般戰慄的骨骼
渴求夢迴闃靜的原初

睡時錨重，醒如哀歌
紅塵浮沉中
我默默默禱
讓我成為你唇齒間的箴言

2017.03

輯三——吾島

在囚獄中獲致潔淨的光

莽莽乾坤舉目非，此生拼與世相違。
——懶雲〈出獄歸家〉

鋼與燈撐起夜，我在子時暗室
與重新穿戴好本島衫與八字鬍的你
一同衝破那個在獄中日記裡
被蚊蝨、下痢與典獄長無度摧殘的自己
你曾被迫在衛生紙屑上將恐懼潦草而倉皇地
無盡小寫，只因你是在單向通行的殖民史中
唯一逆向飛行的雲朵

違背著風勢，在趕醫途中的人力車上
危危顫顫地
用文字描摹和平的風景

你一度將年少的自己養豢在總督府醫學校
聽從持武士刀的軍醫在教室練習
繪畫自己一副副殘缺的器官
碧色的血都忘了流，島嶼的歷史下游沒有記憶
沒有根，在太平洋中甚至沒有自己的鰭
被迫囚禁在帝國主義的水族館
政治的風　不左
不右
一味向北，虎虎摧殘
我那被卸卻防風林的家園

島嶼吹散如拼圖，被殖民者強拼在軍靴下

你與所有人　都曾摀著嘴、駝著背走過
日本軍警到處罰站的街頭
在你自己的彰化媽祖宮用聽診器
像順風耳般，聽竊所有在病人心房裡
住滿秦得參、林先生、添福、阿金、莫那魯道……
癱瘓的故事與詩歌
你堅決帶他們走出情節與格律
到軍刀與警棍林立的廣場大膽遊行
在文藝欄一遍遍排版複刻中
把他們供奉在文壇

而殖民者自然也把你供奉入瘖啞的囚室

讓你學會像藤蔓自己尋找光與水
你摸索陰濕的囚室，如同摸索殖民者另一個
不堪的下體。你隔牆聽見幼稚園孩童
純潔的歌聲像精靈般地飛過，開始無端想起幼年
小逸堂朗朗明亮讀書聲——
木質窗櫺篩選潔淨的光　鋪撒
你平敞的宣紙，彷彿早已為你寫下了什麼
腦後髮辮如馬尾押韻般地馳騁過
古典詩裡那遍地的江湖，你如此尾隨
感性而豪邁的蹤跡，像無法被熨平的雲朵
在用一張又一張黑名單黏貼延續的殖民時代
逆向找到血液中的主流

有一天你終於攀爬到獄外

逐漸獲致某種覺悟，擦拭心中明滅的燭火
以更壯盛的火炬隱喻堅貞意志
與一群土生的勇敢靈魂
在趕往「無力者大會」的火車
不斷用力把頭顱伸向窗外
對準那只為你們訣別的照相機，儘管
風勢如秋天中明晃扣動的利剪……
鋼與燈撐起夜，此刻因你，我想起一座島嶼的
骨骼與意志。

2002.05

註：

無力者大會：一九二四年七月三日賴和與郭發等人參加林獻堂、林幼春的「無力者大會」，以對抗辜顯榮等人所發動的反對臺灣議會請願的「有力者大會」。

亞熱帶的乳房——致臺灣詩人ㄥ

鄉愁，沒有罪。我說
船曾一度被誤認為是馱負在背的
宿命，骨骼一次次被夢裡
漲潮的萬里長城壓過。被馬克思教條
銬住的長江與黃河是兩條
困頓著江南無法打通的任督二脈
在那片鎖在煙雨圖中時隱時顯的霧氣裡
島嶼溫暖柔軟的土壤，足堪鄉愁裹被入眠
不耐咀嚼的石頭就放在詩裡吧
那種極端寒冷固執的質地

怎能噎在喉頭難以吞吐？
現實生活裡的鬱結難以減肥成
天使翅羽的鴻毛，便一昧堆放到胃裡
疲憊地消化，中國西方現代古典理論現實
在血管與思路中壅塞地痛的醒來
受困化石裡的龍啊
是頭顱在枕頭上的夢遺

長安的希臘，紐約的臺北
地名在意識的地震裡拼湊板塊，鐵蹄達達
將我自秋海棠放逐，從北平東路到南京西路
不斷地在光復北路與新生南路上徘徊
我是那隨季轉而遷徙的天狼，用節奏
企圖馴化對鄉愁的野性，雙手纏綁著

一條無法排泄的臍帶在公車恍惚搖晃地
像只風箏，在瓶子裡
被時代扯放
彷彿對世界的絕望投降

紅色是殺戮　黃色是溫暖　藍色是失落
故鄉是一片塗滿風景的牆
被時間逐漸斑駁，而記憶
在屯藏密語的心甕找不到粉刷的顏色
我無助地在血管中召喚長江與黃河
任由漲潮、退潮像把喚作歲月的鋸子
在骨骼上無盡往返
特別在中國風不斷吹拂流行雜誌的日子

當我仍困頓地品嘗著盆地外蜷曲成眠的觀音山
竟被島嶼上的安石榴、南瓜、蓮霧、葡萄柚絆倒
跌出長夜，那亞熱帶的子房
在我撫慣青竹與蘭花的雙掌中膨脹
啊，從充滿蒲公英的小徑退回的我
是一度對火焰熱情的鐵器
在亞熱帶的冷卻中
找到母親另一對乳房

2001.11

尾隨白鴿前進——致臺灣詩人X

鄉愁，沒有罪。我說
那個指甲拼命發長亟待脫離的年代
蹲在異地防空洞死了一遍又一遍
不合身的軍服沒有退繳機會
沾著夜墨琢磨而出的家書
卻被槍枝掃瞄而一再迫降
踩在汪洋異語泥沼上的
軍靴鞋帶鬆了一次又一次
足踝被勒令綁緊　卻連喉嚨都發疼啊……
想念的母語是只遺落的布鞋

在奔往公立學校途中，不知怎麼
遺失了。我穿戴厚重
透明的盔甲而無法發芽，在陌生的南洋
熟悉的藍潮騷　紫甘蔗花　綠椰林
卻仍一味孳長，濃郁卻拙劣地暗示了故鄉滋味
我被迫扛起筆桿在熱帶的空虛
追獵被雨林掩護的女犯
我是如何想用泥土裡吐露的蕃薯藤
與皇軍劃清界限，奔尋混雜在血液裡
那群奧萬大隨風酩酊逃難的楓葉
只為以林沖
命名這一路的憂傷

軍旗上發紅的圓日下降了，北斗就算

在海嘯裡碎散，歸鄉的路
仍在南十字星的瞄準下
與暗夜搖曳的船燈尾隨白鴿前進
騎在牆上暈眩的向日葵
終於從梵谷瘋狂的手槍與畫框逃出來
釘根於泥土　清醒地　仰向和平的光
我懷抱沒有聲音的血流在暗夜燈火裡端視敞窗
中文還未鍵入骨骼裡的年輪
而遠方和身後的風景卻早在窗面隱隱合體
我在家鄉
試圖撫摸這匹陌生又新穎的獸

一路被懷舊風吹奏的喇叭花
用澄淨的膚質嘹亮自己的音色

我帶著斗笠逐漸體會音樂在光裡穿梭的潔淨
生長成如同身上傷痕般姿勢的植物
我在那通往生命的阡陌
一次次被回憶擦撞，在稿紙上
濺灑成詩

2001．11

後誌：

詩人的血管裡到老的時候，逐漸摻有歷史，並被評價歸入文學史。然而對於文學家的血液，並沒有所謂好的評價，或壞的評價，只有適當的評價。跨國刷卡制度完成了現代人對流浪浪漫地幻想，然而在戰亂裡的流浪卻是絕望、是恐懼。特別在這樣一個意識形態構建的世界裡，地理也成為一種禁閉的想像，而能允許給予創作赦免權的是真誠的情感。是以如果說愛情是世上唯一不可質疑的騙局，那麼鄉愁就是這世上唯一不可質疑的宗教。

工廠女兒——高雄女工組詩

◆之一、在輸送帶上彈奏的指尖

那是張一九七三年的加工區照片：
牆上斗大地讓人難以消化的精神標語前
坐滿成群拼組玩具的女工
她們應攝影師要求在老闆旁穿戴起微笑
照片裡的時間因為凝結了
連身後那一同被送進快門的輸送帶也暫停了
狹窄灰暗的　那刻
彷佛一時擠進了光

但其實並沒有
任何一個工廠的女兒得到赦免
任何一條生產線停止奔流
照完相後她們馬上被趕離快門
重新拿起玩具零件　組裝老闆要賣人的快樂
指尖彈奏的輸送帶嘩嘩轉動
焦急地帶她們於機器、宿舍、夜補校間旋轉
沒人找到其他舞者
把她們帶離陀螺般無止盡的僵局
只能任由無法打消的家計
押著她們繼續生產汗水與淚水
格林兄弟的玻璃鞋只有一雙，大夜班過後
她們穿著膠底布鞋攙扶自己的影子回家

三十多年了，照片裡的一排排女工們
依舊像螺絲釘拴緊
那如今已在時間河流衝擊下
倒閉多年的工廠
而這張和樂融融的圖像依舊沒有任何縫隙
能讓我們窺見她們藏在心裡的憂鬱
就像那時她們也會把自己
憋在無處回身的座位上

努力瞇眼，窺探玩具接縫裡
那一片幽暗的世界，焦急尋找
老闆快熄滅的良心

◆之二、二十五淑女回不了家——誌一九七三年女工船難事件

起點當然是旗津，她們料想不到
終點卻埋在半路上
嘩嘩水聲終於掩蓋了
她們耳蝸一向飽漲的工廠機器噪音
那些塌陷入波浪裡的哭聲
在我心裡留下了重量
那些沒入漩渦的身影壓在往日
那冷冽，那沉痛
難以被時間咀嚼

消失的工廠女兒們像
逝去的水鳥給港都留了白

在二十五淑女墓裡
她們終於從後來捲款潛逃的老闆手上
領到終身全勤獎
放在辦公室裡的打卡變成永恆的碑
任習習晚風、幽幽船燈
以及遊客默默的日光刷打

在工廠內沾染滿身的油漬
就是青春的鉛華
港都三十年反復襲來的夜雨
也洗不盡那疲憊的美麗
流汗時我們沒能看見她們
失蹤後才與她們在海上相遇
她們停止的世界還在播放

只是加工廠一間間熄了燈
更多勞工在生產線的下游被沿路拋棄
被榨乾的人都被資遣了　又有誰
能重新縫補工廠女兒們斑駁碎散的靈魂
沒人知道誰讓她們回不了家？
而一輩子肩負重擔的女兒們
依舊旅途中

2006.6

後誌：

臺灣對我而言是小的，這不是說我長年將自我放逐於全世界；恰恰相反地，我甚少出國。世界如此巨大，讓我深感疲憊，簡單的家居，已讓我覺得富足。感謝詩，使我已能透過想像，在自己小小的世界裡，旅行全世界。將雅典、長安、紐約、巴黎總放在身邊的我，當然能釐清現實與想像間的斷層，在返看自身的同時，也從不忘凝視歷史現場。

也同樣因為詩。當然，也更因為近年我的學術關懷，放在臺灣一九七〇年代各地詩社的緣故，以及相關的田野調查與研討會發表等等，使我定期幾乎會在臺灣幾個都會走動。走動既頻，故事自然不少。工廠女兒這首組詩，便是這樣產生的。

我這一年內跑了四趟高雄，對這城市已有了份如自家堂廡般地熟悉感。我曾獨自徒步從高雄港埠出發，感受這空間裡的氣息。工廠女兒組詩中所逼顯的那種無奈，來自於我走在那冷清的港邊工廠間的感慨。

那空巷裡的寂寞我不是第一次領受，自無法輕疏以對。我用童年至少年的時光，見證過嘉義大林糖廠的興衰，然後我又用少年至中年時光，見證過臺灣紡織廠的興衰。而這自然是因為我出生於嘉義糖廠，後來在臺北紡織廠裡工作的母親的緣故了。所以，走在那裡，對我而言，是同時走在糖廠荒廢的鐵軌眷顧的歷史，都被擱棄在這兒。請來領取。

我是工廠女兒的兒子。如果，這首詩還能補上什麼的話，我會這樣寫。

菊島魚譜

◆ 赤崁丁香魚

我吞滅時光在盛夏海面排演的獵戶座星圖
在梭巡中因沉思　雪洗的鰭身悄悄發了光
何時當完熟自己　何時該親赴潮間帶
成就一次火光裡的煎熬，用酸甜苦辣
穿戴自己滋味別人的人生……
唉　全身被芬芳腐蝕透了
死生如是　終已不能用一次遠游告解
誰能請潮水攜帶我全副骨刺

梳理那多翻騰的浪頭
最後送我一段靜謐安穩的海
好讓靈魂如候鳥溫馴回航　如何

讓整片黑夜代替血成為我的眼瞼
太多夢需要被遮蓋

情節才能成熟
太多青春需要進入暗房顯影
我還需要更多魚鱗收納全世界的風景
以全身力量體驗黑潮冷暖
但他們仍用風與日替我的屍身
禱告。作為一次冶煉
我已清脆易折
便於販賣　便於在他們的唇齒間

寫作
誰都能從我身上
讀到一片太平洋的溫柔

◆姑婆嶼八帶蝶魚

海面上傷心下雨
海面下的天空水漲船高
我們遺忘更多的重量
浮潛到天空額頭
我們負載更多的故事
墜入深海的寂寞
只有我們知道陽光不是筆直的
在穿入海面的剎那都悄悄轉了折

準確落在每條魚井口裡的心事
而不需顏色的水母抖落的那些光芒
都變成海裡碎散的星星

只有我們會飛到海洋底用翅膀
親吻她最深的沉默
在珊瑚礁林裡我們飄盪如晚夏落葉
讓親潮黑潮在兩側鰭身烙下爪痕
為錯身失手的遺憾徒留隱喻

對岸魚群以全身煙火
呼喚在礁峽裡沉睡的我們
我們以翩翩舞姿作為回聲
讓海上海下失去信靠的靈魂

都索回一則溫柔拍送的
愛的福音

◆ 大倉石斑

隻身爬上崖頂，閉目成為一枚貝殼
所有石滬遮攔不下的風潮
都回到耳朵迴盪　讓我猜想
整座世界的密語
乘著藍色小筏　扭熄了馬達引擎
阿爸跨上船篷把釣竿拋出去
用好幾尺釣線捎上貓爪仔與軟絲
撈取所有石斑的消息

船篷是他的崖頂
他在那裡縫補時見缺口的家計
變成我們的屋頂

在風暴中他與石斑搏鬥
像夾緊一匹野馬般地，用雙腿
駕馭整片海洋。在濤急與浪平
在秤錘與石斑，在收入與支出間
維持平衡的技巧
作為一個父親，阿爸早用酸痛的肉身領悟

所有潮流的冷暖阿爸都知道
他熟練地用釣鉤親吻另一座世界的面容
比盛夏蒼燕鷗更瞭解如何繞行澎湖灣

自子夜甕底深處安全返航
透過釣竿的顫動
阿爸理解了整座海的喜怒哀愁
為追蹤石斑正確的方向
在浪濤起落間中隱晦自己
但阿爸卻不知道
他的背漸漸與石斑一樣有了曲線
不褪的汗斑
就像披上了
石斑那全身蜂巢暗斑
也從不知道在我們的高地寫生裡
他如何被蠟筆擦拭的明亮無比
無比的　果敢與堅毅

◆ 沙港海豚

湧起海平面，翻入海平面
我們用背鰭翻耕大海
向你的目光
向沙港天后宮
那飄渺的香火
寸尺犁行
在一片海風中把影子搖晃如槳
與岸上的椰子林輕巧擊劍
引領海面上的月光尋找黎明
我們在額頭裡搭蓋了一對翅膀
讓睡夢裡的夏夜旅行直達銀河盡頭

悄悄地在嘴裡
含著一座音樂鐘
讓遠洋載滿春天的船隻都記得返航
誰都在歌聲裡聚首
依約弄潮
依約成為岸邊迴旋的舞者

我們翻伏在天氣預報裡的浪濤
代替氣象主播用全身鰭類
撫摸這片亞熱帶海洋的一日
陰晴
以唇齒剪裁崎嶇的浪濤
給所有航向菊島的船筏
以溫潤如椰汁的晚風

以溫柔如春藻的被褥

2007．11

火山

——觀陳澄波〈展望諸羅城〉

被遠方隱瞞的糖廠咀嚼萬千條甘蔗與鞭子
三根煙囪噴吐的煙氣
從沒成為甜蜜的風
只能被你筆下穩固的天邊雲浪艱難消化
如眠夢中嘴唇裡翻滾的鐵釘
釘錨我們的話與夢
而站在山坡我們身邊的群樹朵朵
如拳
如果
我進入畫圖中拔起一棵棵火山般的樹

噴泉般的岩漿會比陽光更快瀰漫這島南
以絕對的紅與黑
燃燒我們與平原土黃的體膚與命運
如果沒那麼做
我也會是走過木電線桿邊、彎腰碧綠田裡
那心中惴惴懷抱火山的人。

2013．07

天生旅人

天滿佈魚鱗
朝陽璀璨
我蘊藏在琥珀裡的意志，
一一具現

從未停止的嚮往
總是稱興而起，再多挫敗
也壓抑不了。

我在平原的種種據點裡旅行

世界也在我心裡盤旋成長著
遠方壓縮在方寸之間
自己發生出所有的意義

戰爭、攻詌、剝削……
所有不容缺席的痛苦，我都知道。
所以我勉力在詩作中
提升所有小小的幸福：
冬天一杯暖暖的咖啡杯，秋天座落
在落葉裡的長板椅，春天緩緩
上升的天燈，夏天白鷺鷥成群起降的稻花田
更遠大的淑世理想
彷彿對一九九〇年代的創作者而言，太過八股

我也害怕重回少年時代的作文課
但那些一九三〇年代蔗農揮舞拳頭的背影
一九四〇年代臺籍少年兵在東南亞雨林流浪的背影
一九六〇年代作家在桌案前弓背勾勒自由的背影
一九七〇年代街頭上綁白布條握緊麥克風的背影
這一切一切我都放在心裡
栽培在意象密林，在這世間，理想
只有詩知道。

我也在時間裡縫製背影
把它們放入歷史長河中認真旅行
我不知道我是怎樣的一片河面落葉
歷史此刻，一九五〇年代無根虛無的嘆息

乘坐老舊的錄音帶倒帶而回
它們製造晨間霧景遮摀我的雙耳
它們製造夜半閃電鞭打我的臍帶
儘管我知道
這土地的孩子，注定備受煎熬
注定在這無盡長廊，千折
百迴。

2007.08

此夜如巨人崩潰

這世界如發條遲鈍的鐘
唧唧嘎嘎地日益鏽蝕
我掩蓋詩集試圖
給歲月的暴力理出某種秩序
是冬了……我剝開新熟的橘子
酸酸澀澀地，像一些年代
不因隔了幾個季節
就變得可以想念。
我獨立霧中敞窗
彷彿失去情節的海豹

在寒雪無盡中
聆聽遠方獵犬喧囂
此夜如巨人般就要崩潰，像大師
將被迫撤收的畫作
我已把我的窗子空下來　等你
扛著滿袋星光
為我執掌新的主題
你會不會畫給我
那充滿光與火的一九八〇年代？
那個燕陣拼命在將雨的日子穿梭
一些筆被迫流亡，在異域
拼命為島嶼寫情書的一九八〇年代
你會不會為我親自走入畫作
權充那個靠在公車站牌

安靜仰首端詳地名的詩人
為理想安排一個意象
在銅像額頭上俏皮地
安放一只鴿子

2002.12

苦楝樹

秋老，咆哮的噴水柱掌摑而至
打糊了妝點街容的彩色遊行
風雨與雜亂的標語
在無人的水泥廣場飛奔入
那排釘根於泥土
在雨勢裡高高低低
潦倒後傾的苦楝樹
遠方那仍選擇風衣前進的男子
低首　抑帽　疾行，憔悴地
用倉促不已的足跡

涉越水灘上模糊的自己
在風勢裡攪拌旗語
向天空置換履歷
然則　滿天風雨與雜亂的標語
在無人的苦楝樹林裡飛奔入
溫暖咖啡館短几上的當日晚報
來往的顧客像離鳥駐足端視
在多選舉國家沼澤般的時局
偶而棲息又漂泊　駐足又離去
用選票更換日記寫法，選擇
用飽脹的胃刷行甜蜜的蛋糕
舉起刀叉藉咖啡微苦的後勁抒發國事
核四在意識型態中憤怒發電
舌頭隨政治版上臃腫的爭議

不斷換季，穿戴長短濃淡殊異的衣裳
品味略比
一九八〇年代　窮哈哈　老穿破牛仔褲，卻
整日為理想抗議的大學青年
晚熟。
無風的日子，鐵窗玻璃外的苦楝樹
飄搖不定
秋老，甚麼顏色
占滿失焦鏡頭的染色體？而
拒絕抽身告別的
苦楝樹仍以瘦枝硬椏扛著口號
彷彿用脆弱骨骼承擔
理想與現實間落差的力道，在強風裡
每則苦戀的故事無不振振有辭

是另一個著風衣的男子在雨中振臂
枯立於斷臂人長袖般空洞的街巷
散播戀人遠去後的指紋
吸納著雨水，根的流域
網佈氾濫在時局底
固執地抓著土地
在荒謬敘事中努力滋長難得的果實
一如戰事前線，在彈雨裡
裹著破毛衣的受孕婦人，啊
今年的苦楝子
會不會流產？所以
風雨與雜亂的標語
仍在苦楝樹林裡徬徨夜奔
像一枚枚被廢棄的書籤夾雜

入不曾遠航的帆布鞋底，我們僅能
在抨擊過後失望的後座力中咬唇作啞
在如刀的秋風裡張揚易折的頭顱
在擁擠的末班公車裡雙手抓著手環
搖搖晃晃地揮別時代
或者——投降　或者——
但，一些些詩人在感情溫暖的風景裡
忘了回來
但，一些些詩人在冒風擋雨回來之後
始終缺席
少數詩人在監獄中
像賴和用筆桿吐出文字藤蔓
穿出鐵牢盲目地禁錮
穿出千百面太陽旗捲起的一片夜

不眠地摸索真理的光芒成長
白色霧季後從人群裡發聲的政治詩
沒了曖昧隱蔽變得微不足道
貼在喧譁城市裡的小巷電線桿
無星之夜，與小廣告瑟縮躲在明滅不定的街燈
被醉漢與流浪犬大聲朗誦
啊，誰為政治與泥土間
牽上一條不必付費的電話線？
為何，咖啡館閑閑的昏黃落地窗之外
滿滿的風雨與雜亂標語
重新飛奔入無人廣場外
不同時代原來是
形似的透明瓶子
我們從這一只換到另一只

保持吶喊嘴形
卻始終聽不到聲音
有雨的日子，玻璃鐵窗外的苦楝樹
沙沙作響

1998．12

後誌：

詩尋找泥土上自己的子民，特別是流浪者的眼睛。在革命的年代，詩被鼓脹在街頭手風琴裡，隨著一波波音符飄浮，逆向穿過軍隊涉入心的腹地，宣揚感情的教義。當一切必須捨棄時，我們在心裡安靜地藏著一首詩，在意識裡堅守理想最後的國界。詩從來就未嘗放棄進入俗世的廣場，哪怕被潦草地寫在一張廢紙上，仍勇敢地選擇發聲。

詩人的天職不是在咖啡館裡忍耐窗外的風雨與寂寞，詩人的天職是勇敢地打開門窗，用詩對這世界坦承愛與真實，如同在冬天依然凝視雪地的鷹隼，如同軍權時代裡永遠的左派，如同在遍地荒蕪中，仍企圖探索天空的苦楝樹。

二都賦——臺北二〇〇五

◆二〇〇五臺北之一

我也是城中的那個人：冷漠匆匆地不知在趕赴什麼？在捷運站與人行道間起起伏伏，不斷地在擁擠的人群中，彼此碰撞。像西門町大看板上出現的卡通人物那樣，眼珠子在眼眶打轉，舌頭晾半截在外面，暈頭奔跑。我常常想，至少該有維持身旁5公分空曠的基本人權，那時憲法中的民主與自由才算實現。但沒有立法委員幫我立法，他們也扭成一團，忙著把我們分割成一群一群的餅。吃我們，並時時驗收我們對他們吃相的收視率……

我是本省人，我是內地人，我還是外國人
我是閩南人，我是客家人，我還是原住民
如果這樣　你就會實現我所有的願望嗎？

我是勞工，我是運將，我還是臺商
我是老師，我是農夫，我還是外資
如果這樣　你就會實現我所有的願望嗎？

他們為我配置不同的激情劑
把我調成準時吵鬧的時鐘
隨時得 call in，定時要上凱達格蘭

雨天來了，不用立法
人們撐起傘自動擁有了領地

城市多了一批批高低錯雜的屋簷

但我忘了帶傘。忘了攜帶進入雨天與城市的鑰匙。我早已不是在那個童年放學後忘了帶鑰匙，蹲坐在幽暗公寓階梯上嚎啕大哭的孩子。現在是離童年很多年後的時代了，我收集幾張畢業證書後，兌換到一張工作卡，每日要帶著它讓打卡鐘咬嚙。我必須要深入那陣地。顏色熙熙攘攘地呈顯，我猶豫該穿過哪隻顏色的雨傘，才不會更濕。（怎麼你也想起童年在雜貨店，面對整罐包裹不同糖衣的棒棒糖僵局？）

仲夏臺北城最壯盛的花季：
午後急遽亢奮的陰霾驚嚇
醒一片西門町姹紫嫣紅的傘花
受染的水色迸裂了，傘舞，水舞，無端地

暴漲的人潮湧入商家尋覓乾燥的貝里尼
蹲坐街旁的咖啡館，在哈日風吹刮下
仍被改裝成巴黎左岸寂寞的樣子，此夏
花期只開向看板與騎樓，乏味的，擾人地

我端視自己被車窗上的雨勢洗刷
隨癱瘓的車陣與街景在停走間消逝
無力妥協　倉皇與舒緩的內外時差

背後扛著那面叫做生活的旗幟
命令我深入那雨天的陣地
命令我潛入執傘人各自的腹地

那些雨傘張開銅黃的尖頭敲打我的頭顱

彷彿鴿子啄食地上的石粒
要消化心中那些費解的僵局

儘管這是說快樂就快樂的城市
各種廣告帶來種種福音
為我們的不安提供各種折扣

在百貨公司門口，忘了帶傘的我們
在花花綠綠的傳單裡駐足
親臨國中那本單色印刷的歷史課本
無法觸及的未來

此時
主題支離的卡夫卡

毋須隱喻，滿大街都是

◆ 二〇〇五臺北之二

夜晚我從城市回來，從稀薄的理想中抽身而歸。那疲憊，泥濘不堪，如濕透黏附在身上的牛仔褲，如蛹裂之際一身難以脫褪的膜。又是一日在單調中的徬徨，又是一趟從狹窄單線道迷路，於是重新敗退療傷的旅行。我洗淨自己，在如牢籠的陽台晾起毛巾，向漆黑的城市投降。但不會因此就會有月光，像電影院電影結束前從身旁側門拉來一道刺目的光，把我們從另一個世界赦免而回。

夜半我讓乾淨的自己住進那張叫做
臺灣夜晚精靈的CD裡
在如同童年遊樂園的咖啡杯迴旋中

60分鐘的蛙聲、風聲、濤聲四處瀰漫
淹沒了從未在夜晚
走遍這座島嶼的我

我閉目，彷彿
在不及登上諾亞方舟的末世裡
枯坐在一座鯨魚的胸膛裡
獨對那顆孤懸發亮的心臟
聆聽潮水往此復來
以及不斷迴盪的巨大心跳聲

ＣＤ一開始先預設了廣大的寂靜。太安靜了（……所以窗外的競選廣告不小心穿插了進來，像音樂會中突然睡醒的孩子的哭泣。我趕緊關上窗，為譬喻裡的孩子重新闔上眼簾），足夠讓我們從容地將那些崎嶇的

人群、股線圖、高樓大廈，收拾到記憶的角落。太安靜了，以至於後來
蝴蝶振翼，鴿子散步的聲音都顯得如此細密又巨大。

青蛙噗通一聲打裂這平靜的鼓面
風的精靈在洞口環伺
不忘灑下一片鈴聲
灌溉山坡上的金針花
蜜蜂嗡嗡漫舞　季節裡的甜味
蝴蝶自然也知道

峽谷的蒼鷹振翼長鳴
飛鼠在山林彈縱
晚風在竹林婆娑的光影裡散步
流水洗滌石頭的青苔（面對這些與那些

住在城市森林裡的你
不知道原來這些姿勢都輕輕地披著音樂）
還有幾個人不時穿插而入
且無法擦拭的密語與躡步聲
以及偶而沒有被剪裁掉的錄音機按鍵聲
在臺灣夜晚精靈的ＣＤ裡
凡人彷彿是陪襯真實的敗筆

ＣＤ裡的山風海雨值得想像
但我只被敗筆深深銘刻
有人在那些聲軌裡默默隱居　靜靜旅行
他們選擇離開最吵雜的時代街頭
匍匐在沼澤溼地
拉著電線高舉採聲器

他們揮舞摸索，彷彿擁有了
另一雙會飛翔的耳朵

在我不曾觸及的臺灣
面對各種履歷的自然聲音
有人曾用一種方式捻熄了自己
傾聽到福爾摩沙的留言

◆ 二〇〇五臺北之三

淡水河在臺北縣與臺北市之間，但卻沒有人坐船往返兩岸。在現代臺灣，淡水河在交通學上沒有位置。她曾經有，但那需要另一種交通學——記憶以及回溯，她才能帶千船帆影驕傲地回來。淡水河代替了荒廢的城牆，每天我們從牆上的好幾座橋搭車到達這城。在戒嚴時代，橋上還設著收費站，站著憲兵與警察，監督著無法阻止的河流。而那時淡水汙濁地沒有任何倒影，很多事，甚至無法浮光掠影。

包圍這汙濁的城，如羊水般的妳叫淡水河……
疏淡稀薄，現代臺北人這樣定義妳
忘記妳是條河　而不是一堵橫隔的牆
畢竟沒人
敢嚐一嚐那水是淡是濃

幾百隻灰色的鴿子
與更遠的空中客機在橋墩河堤上
此起彼降
黃昏與夜裡洶洶而逝的車輛
劃過妳的額頭

有人來城，有人去城，沒人在旅程中
靜靜在妳身上
停歇自己的倦容
無數穿梭的影子代替魚群在河面游泳
在河面暴漲的季節裡也未曾溺斃

那些在無數風雨中拋放鐵錨
要把一片大稻埕拉到甲板旁的商船
怎會知道淡水河岸那些千帆船影
現在都已退潮入歷史課本內的幾行句子裡
他們自然也不知道
如今河岸繁衍出一排排籃球場的事
許多人在月光與燈光中帶球
快速切入時間的禁區

夜半在自己的身體上開鑿更多道河流

這淡水河畔，曾有西風、東洋風
刮過……如今只剩下打勾勾的 Nike 籃球鞋
在週休二日刮起運動風
我們該如何為荒廢的河流唱歌
關在水閘門之外
失去身世與性別的河水真的淡了
徒留兩橋間的一座沙洲
在颱風與枯水的日子間時現時隱
就像浮沉中的我們的島

2005.12

二都賦——高雄二〇〇五

◆二〇〇五高雄之一

在高雄，你不知不覺地，便習慣住在一個鯨魚與島嶼間的隱喻裡。深根在此的人，不知道想念海是怎麼一回事。海洋就像隔壁家的鄰居，翻過幾個巷弄就到了。海帶了更多鄰居，他們一同改變這座城，或一同被這座城改變。所以走在高雄，你聽到夜晚碼頭邊被咖啡桌圍簇的爵士樂隊，你看到也怕路沖於是也側了身的天主教堂……港口就是鯨魚的口，鯨吞消化了整座世界，在額頭噴出各種炫麗的水花。

季風吹奏高雄的港口

騎士與機車在渡輪甲板上感受海的波度
暫時沒有紅綠燈　暫時沒有十字路
就像徒勞的我們的人生
把頭顱放在枕頭上
讓靈魂
在一千零一個夢境間又停止又航行
霧裡有人向岸邊推送船歌
幾隻水鳥依偎幾根街燈

依靠船欄，向夜空仰身
你在夜的海上仰泳　承載滿天星光
再亮一點或許你就會落淚
記起在夢裡我們那些更短促
更頻繁的一生（前晚你枯坐在崩潰的城裡

在砂礫中為世界寫下最後的留言
明晚你蜷身如水母在一座座黑洞間
任意漂浮）你記起各自寂寞的時光
好奇未曾寫就的那些你
如何被遺忘打碎成無數根漂流木
漂流到哪片沙灘

但你現實居住的海城裡只有兩岸
在城裡漫遊的你從不困惑自己的流向
你曾與無數的人一同坐在船裡
共享夜晚高雄的嗚咽船笛與高樓燈號
上岸後
各自奔馳尋找自己的紅綠燈與十字路

◆二〇〇五高雄之二

港都夜雨不只是一首歌的名字。歌者揮霍了整座高雄港的寂寞，帶我們一遍遍在那歌裡的故事走進走出。在那片刻的歌聲時光中，我們培養了一種憂傷習慣，重現往日那些勞苦與不安，歌者跟那個時代都唱著、感覺著……未來與愛情一如船期般地捉摸不定。現在，我正坐在那首老歌裡的未來，在輪船、汽艇往來的碼頭旁的網咖店，看今夜港都星光燦爛。我知道那些憂傷的習慣逐漸斑駁，現在人們在網咖與遠方的人聚集取暖，在網咖音響偶而流洩的搖滾版港都夜雨中，結伴攻打那虛擬不在的王。滿身廉價箭傷的王，代替我們的心千瘡百孔，代替我們在這個時代用傷口淋雨。

長日無詩
對世界缺乏了一份慎重

也需燈下獨對腥羶殺戮的時事
靜靜在電腦前為妳寫下島內陰晴：

選舉過後
街頭瀰漫我們遺留下來的傷亡名單
海報旗號紛飛，兜售帶著各色微笑的頭顱
海風帶來的陣雨
竟一時難以射穿他們

傍晚過後
瞭解我們的時代
需要比淚水更多的事後
我把我脫掉的雨衣擱在港口　陪他們淋雨
獨自走進一間網咖

坐在身旁無數場死過又能復生的戰役中
我驅使最老舊的文字（誰還在網咖打開word檔？）
像一具懷舊的機器為妳寫e-mail
告訴妳
今夜我竟如此慈悲

在一小時只要20元的網咖裡
我在我買到的光陰裡敲打鍵盤
向妳排遣了對福爾摩沙的滿腹焦躁
聽任搖滾版的港都夜雨
在我身上變造、灑落另一座時代的憂傷
也許我該實踐
那坐而言不如起而行的古老教誨
驅使滑鼠闖入那叫天堂II的遊戲

從高雄出發
尋找在現實中找不到的敵人
虛構一位位荒蕪的王，讓他繁華不再
讓他肩負沉重的箭傷

天堂II逼真如我們身陷的時局
兩個世界無法在一場遊戲中握手言和
（但天堂I破敗腐朽又讓人難以進入）
所以南方更南方，北方更北方
北回歸線彷彿一堵牆釐清國界
這不是年少譁譁然爬過的那面紅磚牆
試著攀越的我荒蕪跌坐
孩子般嚎啕地哭了

在這情感濃烈又無助之際，卻找不到
妳的隻字片語能閱讀的時刻
我只能讓找不到出海口的那些戰慄
化成一座座龐大的閃電森林
綿密痛苦地在海上扎根
看燕子如何貼著水面自彼岸回航
在這靈感乾涸又荒蕪之際，卻找不到
妳的隻字片語能閱讀的時刻
我只能從一座座天堂II離開
舒張全身傷口
飲罷港都一波波的星光與夜雨

◆ 二〇〇五高雄之三

我擁有我專屬的高雄地圖。在一個準備要離開高雄的上午，我要我朋友把我丟在高雄港旁的漁人碼頭。完全弄不清楚方向的我，捏著紙張與原子筆，決定用我的步行，描繪這城市的輪廓，尋找自己的美麗島。所以我的高雄地圖，字跡潦草，筆畫曲折（一些街道特別顯得漫長）、文字走向不定（聽任心情漫遊這城市）。儘管如此，高雄最後還是這樣安好地被我放在紙張上，我說，這邊有清晨寧靜的陽光，這邊有午間燦爛的潮水，這邊有次任性的旅行。一張手繪地圖，併合了在不同時光中，我所體驗的高雄。

親愛的N：

我端坐在沉默裡，接受混淆跳格的思念

鴿子單腳候在屋頂天線
像捕捉風中消息的風信雞
港口的海平線舒緩地呼吸
海風鹹苦的氣息反覆翻弄自己
清夏朗朗，木棉花向我多風的心擺弄火摺

在碼頭支頤看海，我讓海面閃爍的光
安撫我跳格的思念
遠方軍艦與貨輪交錯而過
他們遵守禮儀　回到各自的時代
也許他們會在各自棲身的港口中
就像我與你
記住這樣的相遇與離開
但我總希望能有一個這樣的時光：

我恰巧美麗
你正好安靜

短案杯緣上的影子像封信般地被折起
滑入我咖啡杯裡苦甜夾雜的世界裡
一切率由舊章，連傷心也是
我深入海邊像弄跨越半座高雄市
只為遛達愛河
看高雄法院如何審斷川流不息的愛
沿岸的爵士正在抒情
我也唱到：
我們心裡深藏了一條愛的河流
騎單車的外國傳教士若問　哪兒是上游
無數海鷗展翼飛向的天空　就是上游

所以你們聽見愛河呼喊愛與高雄時
有整片天空那樣遼闊的肺活量
讓我們溜達入河東路的春天
（春天愛河的晚風裡思慕微微）
讓對岸傳來的歌聲告訴我們愛河有多寬
讓我們溜達入河西路的夏天
（夏天愛河潺潺在我心裡奔流）
讓階梯上沐浴的光告訴我們愛河有多亮

我們心裡孵孕了一條愛的河流
拿航圖的異鄉水手若問　哪兒是下游
所有燈塔能照見的太平洋海域　都是下游
所以你們看見愛河守護愛與高雄時
有整座太平洋那樣廣大的胸膛

讓我們溜達入中正橋上的秋天
（秋天愛河有月光撒下諸神呢喃）
讓從視線離去的快艇告訴我們愛河有多長
讓我們遛達入高雄橋上的冬天
（冬天愛河的霧景瀰漫過我心頭）
讓任意飄盪的咖啡香告訴我們愛河有多暖

歌聲是不夠的，因為我看到
沒躲入歌聲的麻雀
跳繩似地
在兩岸快樂飛縱
風輕輕擺盪春天長長的尾巴
躺在日間餘蔭中的小狗狗
領會著搖籃般的午後

學童在只有十分鐘的下課休息時間
盡興奔跑
敲亮更多串風鈴

這兒沒有鴛鴦，但我看一對老夫妻
如何騎著兩隻單車沿著愛河
在廣場樹影間迴旋滑翔
比翼鳥到老
也雙宿雙飛
在這世界毀棄前
我一直希望，妳也能告訴我
妳愛我

這些年我始終在思考

日光如何能離開了夜的拘禁
飛鳥如何能停歇在夢的窗扉
我該如何逃離籠罩我的妳的影子
我該如何在妳心扉外安眠如貓……
那些問題懸而未決，所以我
在日常時光的間隙
拉開一櫃櫃抽屜擱置他們
複習、忘掉，然後重新打開

放置在裡頭的一折折往事
甚至彷彿有了生命般
自行衍生出種種情節
生產出更多難以消化的寂寞（於是
我又要一個抽屜）太多抽屜了

不如為往日
別上一朵酢漿花就好
太多美麗的笑與雙人小徑
都已染上塵埃不再話語
而我的人生
因任性又繞了更多遠路
又收割了更多的徬徨與哀傷（比如
現在我放棄問路依憑日光的走向
以及我的想像，從漁人的碼頭
流浪到愛人的河）又在一座城市裡
收集了更多條十字路
只為換到一個用愛命名的出海口

2005.12

對看臺中現代古典兩車站

晨日漫步，影子到中午才趕上身體。
我的靈魂，在這一生
有時太慢…………

靈魂為我肩負太多往事了
而長路卻又長卷舒展　漫漫不止——
從戰前的車站走到下一個世紀的車站
從巴洛克走到未來風格
我與他站在新站橋歇息
任童年如何將華麗巴洛克舊車站

向我們遞來如一方糖果盒

與舊車站古典巴洛克屋頂
雕飾的熱帶水果一樣華麗的
是我們舌尖上滾動如糖果般的語言
閩南話北京話客家話原住民語
英語日語韓語菲律賓語越南語
火車載來繽紛音節
成為一行行蛋糕的甜餡

南北往來的現代火車
連往事也擁有速度
你預約的遠方躲在幾分幾秒的列車中
沉睡或者微笑？

往事不再只能回憶
不再是僅能划動鰭蹼
一意憑藉月光深入腦海最深邃的冰山
就這麼以手上一張車票重新抵達
在無數窗口風景換幕的旅程中咀嚼

窩在新火車站
被鋼鐵編織的蝴蝶夢一直保護著
臺灣每一站的記憶在此匯聚
圓甕般醞釀我們的存有
列車　開門　關門
往事給了我們身影
未來給了我們光影
火車就這麼穿破癱瘓往日的風暴

載我們準時抵達春天

2016.09

阿里山神木十四行

倒掉的千年神木鐵軌旁橫臥
仍試著向歲月彼岸長征
但只成為時速二十公里阿里山小火車
一分鐘多的風景

一分鐘中我渡過千年
波浪般的紋理
車廂搖擺前行蜿蜒
我任窗外群樹經過我一生如常的孤寂

有盡神木已在我遠方的阿里山
躺成有盡的阡陌層湧
容納林雀啄食探看
日光化為稻穗的可能

即使神木已朽已枯
夜裡回神仍是對落櫻凝神的雄鹿

2017.03

來去檜町十四行

隨鐵道漂流至此的紅檜來自阿里山
每個人走過，沒人看見裁木工
北門驛火車若能開往　往日那一站
他們就會回來將木屋組回滿山檜木紅

碎石路導引我們靈魂游移
木屋孵過夢後安靜如一枚　種籽
躲在和室角落　在時光中迷藏一次自己
就算池上木蜻蜓飛來也要收好影子

長几上阿里山日光悠遊
木質夾雜的時間隱喻因指尖撫觸緩緩發亮
輕叩　咚咚　咚咚　輕叩
快聽　檜町起身應門的一室檜木香

痛飲時光的心囊，你鎖在哪片夜闇？
若沾滿太多紅塵，先以這檜香洗豔。

2017.03

註：

檜町：嘉義檜意生活村前身為日治時期的檜町，為阿里山木料集散加工區，後經嘉義市政府整修。

竹蜻蜓：檜意生活村之裝置藝術。

臺中第二市場十四行

光在六角樓迴盪
搖晃如碗中湯香
你伏案弓身
陌路者以味覺彼此辨認

光與陰之間
　筷與匙之間
時間之流冷了淡了　還有舌的溫暖
舌的柔軟

雙手捧碗如一紙證詞
證明記憶都能重抵唇齒
糕疊成階
我們以筷逐階登台等悲歡潮退
滄桑盡成灰燼　餘味誰捉摸？
最滋味　最真誠的　還是湯碗中那甜蜜生活。

2017·03

靠近又遠離

側坐教室一隅，光影
在玻璃窗與牆間反彈、嬉戲
折射出黑板裡那對面紅磚高樓
那兒有群工人打赤膊
縮小在那兒。他們因汗水
而模糊而蕩漾　我起身躡步
如狩獵的貓試圖細細勾勒
黑板上那些因遠方微弱的輪廓
他們卻成群消失

在這一課裡
我走錯了方向

2005.11

掃掠海面以時間

我們在蚵婦潮汐往來彎腰處
種下鋼
漲潮時牡蠣站在海上四散播種
退潮時牡蠣人裸露腳踝以下漫長的根
抓牢對無盡海的編織
周遭窪坳帶水

散碎成島中也曾深埋的砲片
暗夜點起斗笠下的藍燈
期嚮如划涉銀河擺渡人　默默

撿拾而起的醞結的牡蠣、炸散的砲片
都拋成
天上的星

探索整片海霾天候的海鷗
停佇牡蠣人肩頭，日光中牠陰影如指針
掃掠海面以時間
有時輕巧舒展雙翼覆蓋著牡蠣人
將意志帶入夢中孵孕
另一顆牡蠣　另一顆星
漫步其間我仰首凝望思慮
這是帶翼的牡蠣人？
這是化出人形的海鷗？
暫時她們因彼此共同成為天使

而不遠的金門島是家
是最最該重返的伊甸

2014·04

後誌：

金門既有意象主要為戰役、風獅爺，感覺可以被結構化，但也可隨新經驗的生成而流動。本詩關注的便是二〇一三年芬蘭建築師馬可．卡薩格蘭在金門創作的裝置藝術《牡蠣人》。該作品為四尊以鋼鐵塑造的牡蠣人，豎立於金門建功嶼出海口。本詩即在思索從八二三砲戰的致命砲彈，到吸納海洋精華的牡蠣，這由死而生的昇華。

磺溪南瑤宮歇雨

三川殿口街巷大雨滂沱我滿眼
我坐處汪洋
兩側街巷樓房彷彿長峽
海靠近身邊成為我周遭

驚濤不知終途，街景濛瀧如逝
這船將載我駛入哪片波心？
一生我成就的
只是一片漂浪

唯獨正殿微笑的媽祖
對我說：
這次你無須煩憂自身命運中
不斷襲來的雨勢——

殿前石獅開懷張口
圓滾身子結掛紅纓彩球
為我
把驟雨歡喜為甘霖

端坐正殿的媽祖
就將鼎爐香火中起身
渺渺前去援救
身陷危難的眾生。

殿後觀音溫柔坐鎮
繼續為南瑤揉會東西洋建築風格
翻就這人世蒼茫一處
更美好的容納。

2017·06

每天的報紙

山谷還年輕嗎？
每天每天
為了我們每天的報紙
伐木工人用電鋸
架在我們的脖子上
並且
梳理地球的額頭
中年男子的表徵
我們的表徵

1997·10

車雨過北門郵局

歷史風雨中凝結的
清代古中國飛簷與日本西方巴洛克……
不會因為陣雨而鬆動

我在車廂內看著
而現代公車隱藏的監視器
只顧著看著我看著。

2014.07

我注目肩負的後人類學

特技演員靜候在自己立足點構成最小的圓
滑手機

耳機線是他凌空往來的走索
要馴服的野獸都轉畫為可愛動物貼圖
在鏡箱迷宮中該複製出的自己們
還沒化妝
或胖或瘦或男或女在捷運車廂到處擱置

你善良提醒：

「難道你不用為你的演出負責嗎？」

車廂恰巧輕微震動，為話語提供音節——

真希望能打火石般敲亮他的職業道德

「你還在以肉眼看著我，

不就是我所提供的奇觀？」

2016．02

告別那些暴力者——記太陽花學運

◆之一

鎮暴車水柱來了
不是要弄疼我們的身子，淹滅我們的呼喊
是要澆灌我們心中民主與正義的種子
雖然相伴的血水在我們身上滂沱而下
如在汪洋中被刺矛標傷的鯨魚
染紅整片海

但這一切都還有著航向

整個世界都是我們生的航向
只有磨蹭刀器棍棒的暴力者仍下錨
把自己釘牢在世界邊緣的那一角
被永恆地告別。

告別那些暴力者
留他們在原地舞拳踹腳
所有刀槍都留給他們
不會再有人們以肉體承受那些
讓我們遠遠以目光逼視暴力者
手牽手
頭也不回地放逐暴力者

◆ 之二

暗黑的路途上，人潮聚集
帶來光明十字架
人間如漫漫長夜
這是我們自己開展的星

星光有時微弱如燭火
像權力者這麼踐踏過我們
心中的那份意志，星光如此微弱如此閃爍
但聚集後也能燎原
也能開綻如太陽花

我們不知道包裹權力者的水泥

沸點在哪裡
哀憐他們冷然冰山面容的星光
這樣降落

那些被照見曲折險峻的脈絡
開展如犄角般冬夜枯樹

深入其中的不會是我們
而是滾滾拍滅他們的歷史黑潮

我們需要的
只是以星光給他們標上十字架。

2014.03

輯四——得時且做詠花人

被玫瑰烙印的遊人

信後來只是承接天氣的飛盤
被兩個城市的郵筒投擲
你我握筆的手心
隔了半個地球
牢牢地被隱形弧線紮成
在白信紙上放牧的風箏
也可能只是在信封套上
一場兩個人無盡的世界撞球賽
你我的名字在收信欄與授信欄被筆桿
撞擊　換位

只有在那段革命的日子
你的名字才被
大量複製在長街短巷的水泥牆
像日晷上的影子與日逆行
只有我知道
你一直漫遊在
廣場四處倉促搭起的夾板講台間
揪起群眾氣餒的耳朵
宣揚足以信奉一生的激情

他們把熱情的你拘禁：
火懸掛在牢裡
是盞吸吮黑暗乳汁的燈

你，發光，卻冷
而筆桿是你唯一排泄的方式
成堆的文字在不義的窪地
穿出國籍的意義
點醒了眾人熟睡的國界

槍枝退出革命的場景
選票才是徵募的子彈
後來老邁的你成為選舉日的磁鐵
在特定節日被供奉
徵召入彩繪遊行的隊伍
你說
你累你老，只求一個他鄉
安靜地想故鄉

被玫瑰烙印的遊人
有了此生
多刺血色的包袱

2001.07

蝴蝶蘭

蝴蝶翩翩　捉摸蝴蝶蘭花香
將所有複眼埋入花心的牠
仍以斑斕翅膀束疊一對豹眼
凜凜猜疑我　因我既有愛蘭心
遂又暫成補蝶人

2016.10

彼岸猶有彼岸花

此岸水鳥起心，華燈動念
若讀不出
水鳥飛逝，華燈照見
那湖面漣漪深處的觀音微笑
彼岸
猶有彼岸花

2016．03

想一蕊花開落

想一蕊花開，也要想一蕊花落
一花一姿態　綻放到第幾個姿態？
會讓你窮目忘形
忘花形　忘身形，忘身形
於花形，忘無形　於有形
一蕊花落了
不要遺忘他託付你唇齒的暗香
想一蕊花落，也要想一蕊花開
蝴蝶吻器迴旋成問號

因為還沒靠近花蕊最深處
因為還不到為愛明白的時候
花魂隨林相洶湧　各向哪靠岸、安息？
花落不過入夢土
醒覺又是一蕊心花開

2017．01

秋海棠

把所有秋天都儲在花房
玫瑰色海洋在雙頰緩緩漲潮
被我影子輕觸的蝴蝶都醉了
在夢境逆飛過三千座夏天
與我心蕊中的南楚莊子翩翩相會

住在波赫士不老的魔幻迷宮的隔壁
是我的微笑
不然所有花園裡的歧路不會都以我為終點
我的花粉沾滿蜜蜂的舞步

那週而復返的叮嚀
最終仍屬於愛的微躁與繁殖
戀情令人忙碌、豐碩
嗡嗡密語裡
座落著小規模的驚蟄

把我別在你的背包
開啟另一段秘密的旅行吧
我需要被名字以外的秋天海洋感染
學習克制花卉的鋪張
以及憔悴的意義
如果稍稍節約垂落在我身上的戀人目光
在沙礫中的我
是否依舊盛開如昔？

2009.01

玫瑰與刀

越來越相信自己
是綻放於風箱中一枚刀種的
刀玫瑰

被囚禁我的鑄刀師遺失
任我擱置花園歧路
刮花迷途人的歧義

儘管妳在夜裡溫柔靠近
低詢我為何喪失

紅豔

我卻舒展自己
以刀瓣
溫柔吻妳

妳的指尖泊泊綻放了
我深具攻擊性的
美

鋒利的刀
不適合
溫柔的花　撫摸

太孤獨的事物
會在太美的時候
傷人

後誌：
此詩一九九八年初稿，二〇一七年再稿後定稿。

2017．03

火的手掌翻閱

我從遙遠的日子回到這裡
幾枝擱置的甘蔗還在田裡
大寫殘缺的草書
當年邁的時間逐漸
僵化成了石頭
骨節裡的響聲
是怎樣質地的齊鳴？

我從遙遠的日子回到這裡
日復一日厚重的情書

亟待火的手掌翻閱
當文字裡所埋藏的情感
都變成了菩提子
我揣度在紫荊樹下的那年
青春打的是怎樣的禪機

2001·01

火的手掌翻閱

我從遙遠的日子回到這裡
幾枝擱置的甘蔗還在田裡
大寫殘缺的草書
當年邁的時間逐漸
僵化成了石頭
骨節裡的響聲
是怎樣質地的齊鳴？

我從遙遠的日子回到這裡
日後一日厚重的情書
亟待火的手掌翻閱
當文字裡所埋藏的情感
都變成了菩提子
我拂度在紫荊樹下的那年
青春打的是怎樣的禪機

昨夜雨帶來生命慶典

旱季在土壤上
留下蜿蜒的痛楚
那是不流血的鞭傷
蛇信般地漫流
平原乾涸的胸膛
昨夜雨帶來生命慶典
滿池塘的青蛙
齊聲擦亮
我們聽雨的心情
隱密的法國號掛滿天

我攤開手掌
任露水在脈搏外彈跳
如透明的丑者翻動自己
在我身上帶來
喜悅的餘震

2001.04

淋濕了還能大笑

雨景破敗，林相在濕潤中
無度成長　強大的風
旋旋追打雨勢
緩緩行徑的蝸牛
用觸角試圖觸及整片天空
遠方，有人默默地享受青春
淋濕了還能大笑

鳳凰木的花火也就熄了
最後能從夏季流離中徒留的遺孤

確定只剩是在窗前留下
那張淺淺微笑的獨照
好似想著什麼？誰都知道
你與那隻在身畔窗外
凝視遠方的鴿子如何相像

有一天，那眼神必定
會遭逢猜測，彷彿對歲月
甚至是對那林間
龐大卻隱密的花香的推敲
只是那時　還有沒有人　淋濕了
還能大笑

2002．07

奪豔

春來最美的要是我
把滿園晨霧
凝為容我花瓣承擔的一滴淚
這將是有情人多的，無情人少的
一滴最美的花淚

那淚將在我百迴曲折的迷宮花房
釀成蜜　釀成蜂蝶的糧

榮枯不過一瞬

眾生苦可以尋我
眾生飢可以尋我
只因曾為我奪豔雙眸的我佛
點我勉我
要是春來最美且最善的一叢花樹

2015．03

像一支枯枝盼望花蕊（舞蹈詩）

這裡將會有舞者緩緩躍起
臺中央的這裡
春造訪的這裡
雙手在時間中划槳
翩翩收回一抹拈花微笑
足尖落地旋轉
自身就是大地無盡渴切的漣漪
這裡將會有舞者緩緩躍起
請像一支枯枝盼望花蕊般

細細看
對冬天
他們如何像一枚種子破土，破土臺中
對春天
他們如何像一隻水鳥飛起，起飛臺中

2017．01．09

後誌：
二〇一七年初臺中文化局舉辦作家新春團拜，邀約詩作以之供舞者於朗誦時，隨詩起舞演繹。我完成此舞蹈詩，取義舞者從春天臺中躍起。

孤挺花

如果文殊菩薩也拈花
這朵孤挺就足夠
座下獅子眠了
指尖花艷亦成吼

靜觀花
吼成獅

這盛散有驕陽開落
青春不馴的生長

我澆灌
用水溫柔它
如同面對我身體深處
不會分泌淚水的記憶
閉上眼睛
依舊在心裡孤挺
與我靈魂對眸
顏色我幽黯

孤挺明滅不眠的意志
是天地間
對孤獨
最勇敢最華麗的骨骼

在最寂寞無言的時刻
我拈一朵孤挺——
不再有人能傷害我
除非我願意為他受傷

2017.11

開始林立的婉約學派

能夠逐一辨認的風景終於模糊
那些星座都依稀歸入陌生故事
我找不到情節
在無人長廊獨自荒蕪
曾經細細珍藏的愛戀
自感情發炎的傷口，流下透明血液
在體內暴發撲打的雨勢
皆非審度天象
　　所能逆料。

我揣度一種花香，必定是樓外
黑板樹懷了花孕，彷彿另一群在大道
開始林立的婉約學派
蒼鬱的氣味　包裹著羞澀的青春
我獨自解放　那曾
可以不顧一切　飛奔的時光
憑藉嗅覺　閉目勾勒年少獨角的馬匹
企圖為追悔不及的往事
追趕出五分鐘抒情機會
在夜裡護守微微燭火
把記憶裡翻唱的那首戀歌
託付給珍愛的女孩

2001.10

後記

言語的寺廟

自一九九六年開始寫詩，以至二〇二〇年，我面對這二十四年的寫詩時光，以及所累積五百多首詩作，嘗試從中精選七十首，整理出自己的第一本詩集《寵你的靈魂》。《寵你的靈魂》全詩集依詩作之風格類屬，細分為四輯，分別為：「靈魂遊吟」、「琴有思」、「吾島」、「得時且做詠花人」，並附上各輯詩作之獲獎與發表記錄。

「輯一：靈魂遊吟」正以靈魂吟遊者的流動姿態，將自我詩作之詩行，與世界交互為共同環節，成為一可血脈造訪的語言路徑。

「輯二：琴有思」則有意識在詩行中鞣韌入情志之音樂可能，在用字、分行與標逗的用心中，使言語的寺廟獲致有形與無形之韻律，以為心靈的搭建。

「輯三：吾島」關注我所棲所的吾島臺灣，那其中自成歷史、自然事件的空間，由此呈顯了棲居存有的詩學。因此輯中詩作的詠歎語調，不再抹平空間中的事件摺皺，而更以意象顯像吾島中的歷史波瀾，那引人驚心、懷嘆之處。

「輯四：得時且做詠花人」以詠花而占時光。古人占花為卜，以為雅事。蓋四季之中，春來花團錦簇，青春芳盛，正是人生少年時。但開到荼蘼花事了，時光終要轉折，而人生不能不有所凋零……於是觀花而復賞花，賞花而後占花，正以青春，以美，為徵兆，推知將來。得四時而詠花，正在推敲花序之隱喻，以及那花占之時間密語。

成輯成書時，我想讓自己的聲音回到自己的文字，讓詩在來日有可望的形狀，也有其可聽聞的聲響，於是同時在《寵你的靈魂》擇選20首詩進行詩作有聲朗誦錄製，結合數位平台跟QR技術，進行詩集版面設計，以使全詩集提供文字與聲音，空間與時間的立體維度。這是我對詩作的再創作與再閱讀。感謝陳芳明教授閱讀我在時光中累積的詩，為詩集為序；也感謝聯經出版公司為我的詩集，得到可以翻閱到的重量。

「詩」究竟是什麼？對於世界與靈魂而言。讓我們回到遙遠時光彼岸，當人們深切感受到詩，並渴求為「詩」賦予一個文字形體，以使自己藉此不忘，藉此得以確切地重蹈詩所曾賦予情志的所有時，他們將「言」此一形符與「寺」此一聲符併合，以為詩。是以面對詩，細省詩之為何的我而言，詩就是言語的寺廟，一個體現天地，以及撫慰靈魂的空間。

整編重讀自己的詩，我也在行徙我在人生旅途中，所曾安置過一座座言語的寺廟，那些我所默禱、修復自己靈魂的詩意象，以及寫下一首詩隱喻著世界的力量。詩人是如此幸福而得天眷的人子，透過詩作的自我與他人閱讀，讓言語的寺廟中所寄寓著對世界的獨白、抒歎與對話，得能以文字、聲音向世界綿延。讓詩得能祝禱世界以福祉，寵你的靈魂。

繫年　獲獎與發表

輯一：靈魂遊吟

〈不青澀，也不特別懷舊〉——二〇〇五年「詩路」典藏詩作。

〈收割愛的戰事〉——選入《如果遠方有戰爭》（小知堂文化，2003），另入選《2010 世界詩歌年鑑》。

〈世界〉——二〇一七年世界閱讀日，臺中市政府文化局與春水堂合作咖啡杯套文創設計品詩作。

〈向你拋擲的絲路〉——《自由時報．副刊》（2017.01.22）發表。

〈無字〉——《聯合報．副刊》（2012.1.27）發表，另入選《2012 臺灣詩選》。

〈瓷碎〉——《聯合報．副刊》（2017.03.29）發表。

〈有河流在遺失〉——張默《水墨與詩對酌》（2016.12）水墨題寫演繹。

〈黏牢〉——《人間福報．副刊》（2015.06.15）發表。

〈如此城東〉——《自由時報．副刊》（2020.06.23）發表，另入選《2020 臺灣詩選》。

〈眷城〉——《吹鼓吹詩論壇四十四號》（2021.03）發表。

〈呵護〉——中興大學現代詩課程網路教學部落格「繆斯棲所」引介詩作。

〈點燃妳逐漸冷卻的心〉——《聯合報．副刊》（2020）發表。

〈輕蠅〉——《自由時報．副刊》（2018.05.01）發表。

〈藍色寂靜詩〉——《中外文學》第三十卷八期（2002.01）發表。

〈波士頓來信〉——二〇〇五年「詩路」典藏詩作。

〈捷運中〉——《中國時報．副刊》（2007.09.16）發表。

〈寵妳的靈魂〉——《聯合報．副刊》（2019.09.15）發表。二〇一九年受邀大屯電視台文學輕旅行節目參與拍攝，詩寫「一德洋樓」提供節日影像製作。

〈一餐〉——《聯合報．副刊》（2017.08.31）發表。詩作並入選《2017 臺灣詩選》。

〈無處陸沉〉——《台灣生態詩》（爾雅，2012.12）發表。

〈一個關於妳的信仰〉——二〇〇五年「詩路」典藏詩作。

〈湖光如緩慢閃電〉——受邀二〇一五年「興園息游——陳欽忠書法展」創作詩作，詩作獲書法家陳欽忠教授書法題寫，以為創作演繹。

輯二：琴有思

〈搖籃般抱著你〉——二〇一六年與音樂家徐鳴駿合作詩歌創作之詩作。

〈交換〉——《聯合報．副刊》（2010.10.28）發表。Translated into French by Athanase Vantchev de Thracy. 入選《2010世界詩歌年鑑》。《新華文學》第八十八期（2018.03）「臺灣詩歌交流特刊」選詩

〈瞌睡〉——二〇〇五年「詩路」典藏詩作。

〈情詩．巴爾札克〉——二〇〇五年「詩路」典藏詩作。

〈自焚的革命〉——智邦每日一詩電子報第一三四三期（2002.09.23）發表。二〇〇五年「詩路」典藏詩作。

〈今日若死，明日就是復活〉——《聯合報．副刊》（2015.08.28）發表。

〈甜點搖滾〉——《聯合報．副刊》（2016.11.22）發表。二〇一八年世界閱讀日，臺中市政府文化局與春水堂合作咖啡杯套文創設計品詩作。

〈草地爵士搖滾〉——《聯合報．副刊》（2017.06.25）發表。

〈草悟道．爵士音景〉——二〇一七年五月臺中市政府文化局籌肆「臺中文學步道」之供稿典藏詩作。詩作手稿贈稿另由臺灣數位文化中心進行數位典藏。

〈陳三磨鏡〉——《人間福報．副刊》（2016.09.14）發表。

〈萬和宮．老街．小步複沓〉——《行走的詩：獻給臺中的五十首地景詩》（遠景，2016.11）發表。

〈一個特別惆悵的日子〉——《乾坤詩刊》第十七期（2001.01）發表。

〈最美的墨色是白色〉——二〇〇五年「詩路」典藏詩作。

〈睡時錨重，醒如哀歌〉——豐原國際青商會「詩慈濟原」全國青年現代詩獎（2017.04）獲獎詩作。

輯三：吾島

〈在囚獄中獲致潔淨的光〉——二〇〇二年文建會臺灣文學獎新詩首獎詩作。

〈亞熱帶的乳房——致臺灣詩人ㄙ〉——二〇〇二年教育部文藝創作獎得獎詩作。

〈尾隨白鴿前進——致臺灣詩人ㄨ〉——二〇〇二年教育部文藝創作獎得獎詩作。

〈工廠女兒——高雄女工組詩〉——二〇〇六年高雄第五屆鳳邑文學獎新詩首獎詩作。

〈菊島魚譜〉——二〇〇七年澎湖第十屆菊島文學獎優選詩作。

〈火山——觀陳澄波〈展望諸羅城〉〉——「澄海波瀾——陳澄波百二誕辰東亞巡迴大展」（臺南市文化局，2014年）發表之題畫詩。

〈天生旅人〉——入選《2010世界詩歌年鑒》詩作。

〈此夜如巨人崩潰〉——智邦每日一詩電子報第一六〇八期（2003.12.18）發表。二〇〇五年「詩路」典藏詩作。

〈苦楝樹〉——一九九九年國立中正大學第四屆墨堤文學獎得獎詩作。

〈二都賦——臺北二〇〇五〉——《吹鼓吹詩論壇》第九號（2009.09）發表之長詩。

〈二都賦——高雄二〇〇五〉——《吹鼓吹詩論壇》第九號（2009.09）發表之長詩。

〈對看臺中現代古典兩車站〉——《文化臺中》第二十五期（2016.11）發表。

〈阿里山神木十四行〉——二〇一七阿里山文藝季詩作。

〈來去檜町十四行〉——未曾發表，首次收錄於《寵你的靈魂》。

〈臺中第二市場十四行〉——二〇一八年受邀大屯電視台文學輕旅行節目參與拍攝，詩寫「一德洋樓」提供節目影像製作。二〇二〇年臺中文學館「臺中學習型城市」成果策展詩作。

〈靠近又遠離〉——智邦每日一詩電子報第二〇〇四期（2006.05.10）發表。

〈掃掠海面以時間〉——入選《金門詩選》（金門縣文化局，2014）。

〈磺溪南瑤宮歇雨〉——《作家遊磺溪地誌文學集》（彰化縣彰化市公所，2017）發表。

〈每天的報紙〉——入選《詩路 1999 年度詩選》（台明文化，2000.12）。

〈車雨過北門郵局〉——《創世紀》秋季號．第一八四期（2015.09）發表。

〈我注目肩負的後人類學〉——《聯合報．副刊》（2016.04.03）發表。

〈告別那些暴力者——記太陽花學運〉——入選《2014 太陽花學運．詩選》。

輯四：得時且做詠花人

〈被玫瑰烙印的遊人〉——智邦每日一詩電子報第一二九九期（2002.08.10）發表。二〇〇五年「詩路」典藏詩作。

〈蝴蝶蘭〉——《聯合報．副刊》（2016.10.24）發表。

〈彼岸猶有彼岸花〉——《人間佛教學報藝文》第三期（2016.05.15）發表。

〈想一蕊花開落〉——《人間福報．副刊》（2017.03.03）發表。

〈秋海棠〉——中研院數位典藏照片二〇〇九年二月詩文徵選發表。

〈玫瑰與刀〉——二〇一八年臺中世界花卉博覽會展示詩作。

〈火的手掌翻閱〉——智邦每日一詩電子報第三四五五期（2012.02.02）發表。

〈昨夜雨帶來生命慶典〉——二〇〇五年「詩路」典藏詩作。

〈淋濕了還能大笑〉——智邦每日一詩電子報第一四〇七期（2002.11.26）發表。二〇〇五年「詩路」典藏詩作。

〈奪豔〉——《自由時報．副刊》（2015.05.06）發表。受邀二〇一五年「興園息游——陳欽忠書法展」創作詩作，詩作獲書法家陳欽忠教授書法題寫，以為創作演繹。

〈像一支枯枝盼望花蕊（舞蹈詩）〉——二〇一七年初臺中文化局舉辦作家新春團拜，舞者詮釋演繹之詩作。

〈孤挺花〉——選入臺中市二〇一八年臺中花博百花詩集《聆聽花開的聲音》，並於臺中國際花博展區進行特展設計展出。

〈開始林立的婉約學派〉——未曾發表，首次收錄於《寵你的靈魂》。

當代名家
寵你的靈魂

2021年4月初版　　定價：新臺幣350元

著　　者　解　昆　樺
叢書主編　李　時　雍
校　　對　吳　淑　芳
整體設計　朱　　　疋

出版者　聯經出版事業股份有限公司
地址　新北市汐止區大同路一段369號1樓
叢書編輯電話　(02)86925588轉5319
台北聯經書房　台北市新生南路三段94號
電話　(02)23620308
台中分公司　台中市北區崇德路一段198號
暨門市電話　(04)22312023
台中電子信箱　e-mail：linking2@ms42.hinet.net
印刷者　世和印製企業有限公司
總經銷　聯合發行股份有限公司
發行所　新北市新店區寶橋路235巷6弄6號2樓
電話　(02)29178022

副總編輯　陳　逸　華
總編輯　涂　豐　恩
總經理　陳　芝　宇
社長　羅　國　俊
發行人　林　載　爵

行政院新聞局出版事業登記證局版臺業字第0130號

本書如有缺頁，破損，倒裝請寄回台北聯經書房更換。　ISBN 978-957-08-5746-7 (平裝)
電子信箱：linking@udngroup.com

本書獲 NCAF 國|藝|會 出版補助

國家圖書館出版品預行編目資料

寵你的靈魂/解昆樺著．初版．新北市．聯經．
2021年4月．256面．14.8×21公分（當代名家）
ISBN 978-957-08-5746-7（平裝）

863.51　　110003927